Cuento de Luz publica historias que dejan
entrar luz, para rescatar al niño interior,
el que todos llevamos dentro.
Historias para que se detenga el tiempo
y se viva el momento presente. Historias
para navegar con la imaginación y contribuir
a cuidar nuestro planeta, a respetar
las diferencias, eliminar fronteras y promover
la paz. Historias que no adormecen,
sino que despiertan...

Cuento de Luz es respetuoso con el medioambiente, incorporando
principios de sostenibilidad mediante la ecoedición, como forma
innovadora de gestionar sus publicaciones y de contribuir a la
protección y cuidado de la naturaleza

Los latidos de Yago

© de esta edición: CUENTO DE LUZ SL, 2010
Calle Claveles 10
Pozuelo de Alarcon
28223 Madrid, España

www.cuentodeluz.com

© del texto: Conchita Miranda, 2010
© de las ilustraciones: Mónica Carretero, 2010

ISBN: 978-84-937814-4-6
Depósito legal: M-22767-2010

Impreso en España por Gráficas AGA SL
Printed in Spain

MIXTO
Papel procedente de
fuentes responsables
FSC® C003935
FSC
www.fsc.org

Serie:

LUZ

A mi padre, que me transmitió el amor a los libros.
A Ramón, mi gran compañero en esta aventura.
Gracias a Belén y a todo un equipo de maravillosas mujeres,
por su ilusión y empeño en la publicación del cuento.

sobre ruedas
Fundación de Ayuda al Paralítico Cerebral

La autora cede los ingresos de su obra
a la Fundación Sobre Ruedas.
www.fundacionsobreruedas.org

Los latidos de Yago

Conchita Miranda

CUENTO
DE LUZ

Ilustraciones Mónica Carretero

Todo comenzó hace mucho, mucho tiempo, en la profundidad del mar,
donde yo nací, entre corales y peces de mil colores.
Nací pequeña y así me quedé, pequeña, una pequeña caracola sin más.
Frente a mis hermanas, yo era bastante insignificante.
Por eso, cuando llegábamos a la playa,
a mí siempre me devolvían al mar.

Pero un día, todo cambió. Era un día tranquilo de invierno,
de ésos en los que el sol intenta aliviar el frío con sus dulces rayos.
Yo andaba revuelta de arena, esperando ser descubierta y al momento lanzada
como de costumbre al mar, cuando una áspera y ruda mano me cogió
entre sus dedos, y limpiando la arena que me cubría, sonrió.
Y es que yo no era sólo pequeña. También tenía un extraño y torcido agujero,
que me hacía diferente.

Sin dudarlo un momento, mi nuevo amigo
introdujo en el agujero la cadena
que llevaba colgada al cuello y ahí
empecé una nueva vida.
Mi nuevo y primer amigo resultó
ser un gran aventurero.
Con él recorrí el mundo entero,
surqué mares desconocidos
hasta entonces, subí montañas,
conocí todo tipo de gentes,
oí historias increíbles y vi un sinfín
de paisajes.

Me había acostumbrado a esa vida intensa,
llena de aventuras y sorpresas, pero lo que no sabía era
que aún quedaban algunas nuevas y muy distintas
de las que había vivido durante aquel tiempo
con mi amigo.
Pasaron los años, no sólo para mi viejo amigo, también
para su cadena, la que colgaba del ancho y rudo cuello.

Como él, se fue desgastando, y un día sin apenas darse cuenta,
mientras paseaba tranquilamente por la playa, me deslicé
sin hacer ruido, sin poder avisar.
La cadena se rompió y volví a la arena.

Ya no sentía su tacto, su calor.
Adiós a mis aventuras, a mi amigo...
Vi cómo se alejaba con su paso cansino,
sin darse cuenta de que su compañera de fatigas,
su pequeña caracola, quedaba atrás en la inmensa playa.

Apenas empezaba a desdibujarse la figura de mi viejo amigo, cuando
de pronto, la suave y ágil mano de un niño, llena de dedos inquietos
y algo sucios, me arrancó de aquella melancólica escena. Sopló y sopló.
—¡Qué bonita! —pensó, y me metió en su bolsillo.

Al llegar a su casa y cogerme de nuevo, se dio cuenta
de mi agujerito y me dijo:
            —¡Vaya! Eres diferente como Yago. Tienes que conocerle.

Y así fue como acabé colgada del cuello de un niño llamado Yago.

Poco a poco me di cuenta de que esta vez no iba a ser lo mismo.
El nuevo niño, mi nuevo y joven amigo, no podía caminar. Iba en silla
de ruedas y ¡¡tampoco podía hablar!!

No me lo podía creer. Yo, que había vivido mil aventuras con mi viejo amigo,
ahora me veía sujeta a una silla, unida al silencio y a un gran aburrimiento.

Mientras andaba inmersa en mis pensamientos y algo confusa
por la nueva situación...

—¡Pero bueno! ¿Y esta linda caracola?

Era una voz dulce y al ver su sonrisa comprendí que sólo podía ser
la madre de Yago. En medio de mi gran desolación resultaba agradable
su presencia y sobre todo su piropo.

Pero aquella "agradable presencia" pronto se transformaría...

—La he encontrado en la playa ¿A que es bonita?
¡Fíjate, tiene un agujerito! Es especial como Yago,
por eso se la he regalado, como a él le gusta tanto el mar...

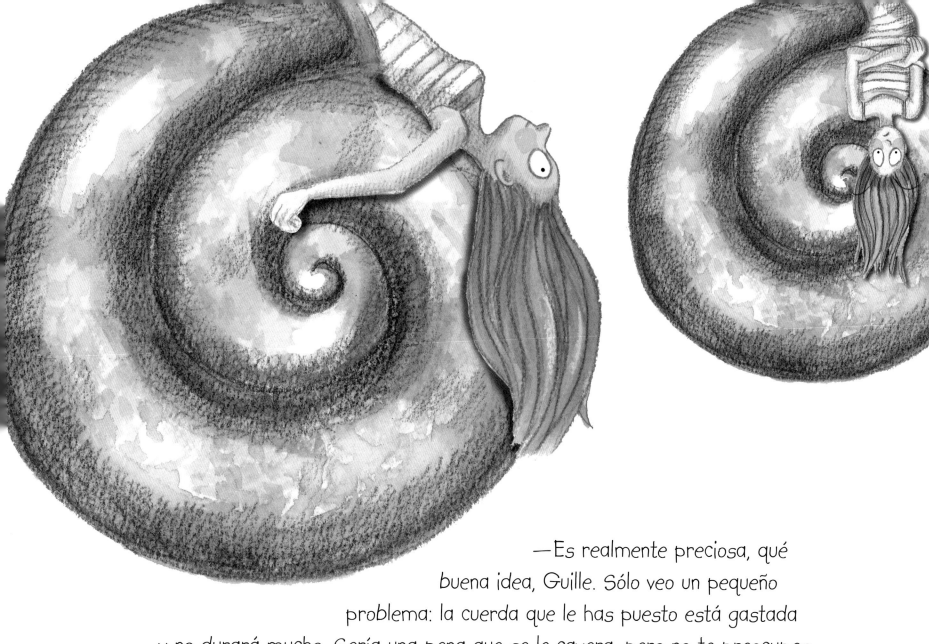

—Es realmente preciosa, qué
buena idea, Guille. Sólo veo un pequeño
problema: la cuerda que le has puesto está gastada
y no durará mucho. Sería una pena que se le cayera, pero no te preocupes,
antes de que se bañe mañana en la playa encontraré una fuerte y bonita, y así
no la perderá jamás.

¡Jamás! De pronto, la risueña y dulce madre se había convertido en mi carcelera.

Jamás. Es decir, siempre colgada del niño del silencio.

Intenté calmarme, pensar. Todavía no estaba todo perdido.

Realmente la cuerda estaba muy gastada y con suerte no aguantaría;

tendría 24 horas por delante...

Volvió el silencio y de nuevo me sumergí en mis recuerdos.

La última gran aventura había sido a bordo de un magnífico barco

donde nos pilló la peor de las tormentas... De pronto, el silencio

se interrumpió de nuevo: ahora era la hermana mayor.

Llenando de besos a Yago, le contaba lo bien que lo había pasado en la playa,

que si este chico, que si el otro. Miriam, la típica adolescente,

se olvidaba por un momento de sí misma para acercarse al niño del silencio.

No habían pasado unos minutos cuando la pequeña
apareció con unas flores que había cogido del jardín.
Era Marta. Con sus manitas acariciaba y también
ella llenaba de besos a su silencioso hermano.
No dejaba de sorprenderme el gran cariño que
todos mostraban por Yago. He conocido
cerca a los humanos, sé cuánto les gusta
hablar, abrazarse y dar besos para
demostrarse cuánto se quieren, pero os aseguro
que Yago de todo eso, nada de nada.
Sin embargo, todos acudían a él y lo llenaban
de besos, y no sólo eso, además le contaban
un montón de cosas, sus penas, sus alegrías,
incluso algún que otro secreto.

Así, lo que había empezado tan mal, poco a
poco se iba arreglando. Resultaba divertido
ir conociendo a cada miembro de la familia,

cada uno distinto del otro, con historias diferentes, risas diversas y, sin embargo, algo que les unía a todos: el gran amor y cariño hacia Yago.

Pero aquí no quedaba la cosa. No solamente su familia le quería, ¡nooo...!
También los amigos de los hermanos, de los papás... Cada vez que llegaba alguien, siempre un *beso* a Yago, una caricia...
Pero... ¿qué tenía Yago?

Lo que realmente debía hacer era centrarme en Yago y averiguar cómo lo hacía para ser tan querido, aunque resultaba difícil con todo lo que estaba descubriendo a mí alrededor: desde el último amor de Miriam, pasando por los goles que metía Guille o las flores que siempre encontraba Marta. Otras veces eran los achuchones de papá y siempre los dulces susurros de mamá. También las peleas resultaban divertidas.

En realidad, estaba demasiado entretenida para acordarme de Yago, al que nunca había oído hablar... hasta que decidí escuchar.

Llegó la noche y con ella la tranquilidad. De nuevo el silencio.

De pronto noté un ligero movimiento, ¡la cuerda! Sabía que todavía había esperanza, se había desgastado un poco. Con suerte, antes del baño en la playa se rompería y yo recuperaría mi libertad y, con ella, la posibilidad de una vida de aventuras.

Pero... seguía sin entender el misterioso amor por el silencioso amigo.

Al ir colgada del cuello de Yago, me encontraba cerca de su corazón y podía oír sus latidos. Hasta el momento no lo había hecho, distraída con tanto barullo.

Y aquella noche sucedió. Oí sus latidos. Era un latido singular, lleno de paz, de calma. Mecida por aquella suave sinfonía, me estaba quedando dormida, cuando de pronto, cambió de ritmo.

Era un latido distinto, emocionante y seguro,
que a la vez desprendía una dulzura especial,
recíproca y secreta. Apareció entonces el padre de Yago.
Seguro, así se sentía el niño con él. A su lado nada
le podía suceder.

¿Era posible? ¿Un lenguaje especial?
Los latidos...

Tal vez sólo fuera una casualidad...
Los latidos, un nuevo lenguaje...,
resultaba demasiado extraño,
Lo mejor sería dormir
y esperar a la mañana siguiente.

Apenas empecé a adormecerme cuando el latido que había vuelto a su calma,
dio un brinco. De nuevo cambiaba de ritmo. Esta vez era alegre, inocente,
y parecía como si fuera dando saltos. Claro, era Marta,
que tras una pesadilla se había acurrucado junto a Yago... y, poco a poco,
nos quedamos dormidos.

¿Era posible? ¡Era posible, era real! Mi querido Yago tenía un lenguaje especial
para cada uno. Me encontraba ante el lenguaje más maravilloso que jamás
en mi larga e intensa vida había oído nunca. Un lenguaje silencioso
directo desde el corazón.

Aquella mañana todo me parecía distinto y un sinfín
de incógnitas se presentaban ante mí ¿Cómo era el latido de mamá,
de Miriam, de Guille? ¿Habría sido sólo un sueño? ¿Se rompería
mi cuerdecita antes de averiguarlo todo?

En medio de aquel mar de dudas, el latido esta vez no cambió de ritmo sino que únicamente se intensificó. ¡Ahí estaba mamá! Identificados totalmente el uno con el otro, unidos desde el principio, al unísono, como una misma melodía con diferentes tonos.

Mi carcelera... y sin embargo esa melodía resultaba más bella, más pura, más intensa que las muchas que había oído en los maravillosos teatros a los que había acudido con mi viejo amigo.

Yaguito, mi querido Yago, tenía un latido distinto para cada uno y en aquel silencio aprendí a conocerlos.

Otro inconfundible también, era aquel latido caótico y divertido a la vez.
Se acercaba Guille y el latido se calmaba y palpitaba al son de las palabras
que recitaba Guillermo a lo largo de los fantásticos cuentos
que le leía acurrucado al lado de su cama. Continuaba aquel ritmo
caótico al contarle cómo iba la liga o el último sobresaliente que había sacado .

De repente, un latido profundo y singular anunciaba
la llegada de Miriam. Era tan intenso como ella,
lleno de fuerza y vitalidad.
Como buena adolescente siempre llena de energía,
pasaba de la alegría al llanto en un momento,
y Yago siempre la consolaba.

Ella se lo explicaba todo, su último ligue, los secretos de alguna amiga, los suyos, y en sus miradas comprendías que se entendían.

Ahora empezaba a entender. Yago sí hablaba, pero con un lenguaje propio, silencioso, desde lo más profundo.
Comprendí también que todos escuchaban y entendían aquel lenguaje, aunque no lo supieran.

Con aquel nuevo descubrimiento, desperté. Atrás quedaban esas grandes aventuras. ¿Grandes? Me río ahora de aquella intensa vida. Esto sí que era intenso.

Como ya os he contado, mi gran descubrimiento fue el principio de todo.
Alrededor de Yago había un gran pequeño mundo, aunque me costara creer lo que estaba viendo y viviendo.

Y aquella mañana tocaba ir al colegio. Eran los últimos días de junio
y sólo iban hasta el mediodía. Después, ya por la tarde, bajaríamos a la playa
y yo sería libre.
¿Libre? Era todo tan emocionante... Si tuviera algo más de tiempo...

Yo que pensaba que lo conocía todo... Entrar en el colegio supuso un mar inmenso de sorpresas, producía más vértigo que cualquiera de las montañas que hubiera escalado.

Todo empezó al bajar del coche.
Rápidamente aparece una sonrisa con
una maestra detrás.
Nunca es la misma persona,
pero siempre es la misma sonrisa,
suave, sincera y cercana.

Un beso de mamá
y atravesamos la puerta,
adentrándonos en el mejor
de los mundos, aunque,
sinceramente, no lo vi así
desde el principio.

La sonrisa inicial me pareció agradable y deliciosa desde el primer instante, pero lo siguiente...

Niñas y niños diferentes entre sí y diferentes del resto del mundo. Os confieso que me resultó duro. Aunque en las últimas horas había descubierto el lenguaje secreto de Yago y su mundo interior, no estaba preparada para aquella nueva experiencia Esto era bien distinto a todo lo que yo había conocido hasta entonces: unos en sillas de ruedas, otros andando más o menos, algunos hablaban, otros balbuceaban sonidos difíciles de interpretar, un mundo diferente.

Pero había algo común, algo que les unía y que empezaba al bajar del coche: la sonrisa. En medio de aquel barullo, de aquel trajín de sillas, de un esfuerzo sobrehumano por sacar lo mejor de cada uno, siempre, siempre, el factor común: una alegría especial que lo transformaba todo.

Abrí los ojos, afiné el oído, no podía perder detalle.

Ese día había festival de verano. Ellos sí que eran actores.
Venían a mi mente todos los personajes famosos que
había conocido a lo largo de mi vida y os aseguro
que tenían mucho que aprender de aquellos niños,
que lo daban todo dentro de sus posibilidades,
sacando lo mejor de cada uno.
¿Se puede bailar desde una silla de ruedas?
¿Se puede cantar sin saber hablar?
¿Se pueden contar historias a través de una mirada?
Se puede, os aseguro que se puede. Yo lo vi, lo oí, lo sentí...
¿Y el público? Si los niños te hacían vibrar, el público,
los padres orgullosos y emocionados, con su entusiasmo,
transformaron aquel festival en el mejor
espectáculo del mundo.

Sin duda, fue la experiencia más
maravillosa de mi vida.

He visto llegar a las cimas más altas con un esfuerzo atroz, he sido testigo
de puestas de sol increíbles, he soportado y vencido tormentas en medio del océano,
he oído historias de superación y lucha, pero...
Nunca imaginé que desde una silla de ruedas,
que no puedes manejar tú mismo siquiera,
se pudiera ver y sentir lo que yo estaba viviendo.

De nuevo volvíamos a casa y antes de ir a la playa, una pequeña siesta primero.

Y allí en la cama, en medio del silencio, al compás del suave y dulce latido de Yago, intentaba interiorizar todo lo que había vivido en apenas 24 horas.

Tal vez no escale montañas, pero aprender a manejar
su mano, a dar una pequeña respuesta con su cabeza,
supone un esfuerzo por su parte y por la de su entorno,
superior a llegar a la cima más alta.
A lo mejor no viaja para ver esa puesta de sol, pero de sus ojos
se desprende una luz que apagaría cualquier astro.
No puede navegar ni guiar un timón, pero consigue llevar
a los demás la calma en la peor de las tormentas.

Estaba inmersa en todas esas nuevas sensaciones y,
de pronto, un movimiento, un tirón,
¡era la cuerdecita! Apenas se sujetaba por un hilito.
¿Dónde estaba mi dulce carcelera?

No, ahora no me podía ir, tenía tanto por vivir junto a Yago,
¡no, ahora no!

—¡Vamos a darnos un bañito Yago¡ ¡Se acabó la siesta¡

Ya no había solución. Si no caía por el desgaste, al primer
golpe de una ola me soltaría sin remedio, volvería al mar
de donde vine. Tal vez vuelva a tener otro amigo, pero Yago...

¿Y si llegaba a tiempo? Quería tener esperanzas
cuando realmente no las había. Estábamos entrando
en el agua a hombros de papá y enseguida, el gran alborozo.
Yago se metía en el agua, todo su cuerpo se estremecía
y a la vez temblaba de emoción.

Cuando... otra vez la cuerdecita, otro tirón, esta vez el último.
Adiós, Yago, adiós a mi silencioso amigo que hablaba desde
la profundidad de los latidos. Adiós al niño con la mirada
que reflejaba los sentimientos más bellos, adiós
al compañero sincero, sin dobleces, y...

¡un latido nuevo!, distinto, profundo como el mar, suave como las olas en la orilla, juguetón como la marea en su vaivén... ¡era yo! ¡era mi latido! ¡Yago tenía un latido para mí!

Me saludaba, se despedía, y en su latir comprendí cuánto agradecía mi compañía, cuánto....

¡Yagooo...!

Me deslicé sin hacer ruido, sin poder avisar.

La cuerdecita se rompió, volví al mar.

—Ahí, ahí, ¿la ves? ¡corre antes de que se hunda del todo!

—¡La tengo mamá, la tengo!

—¡Qué bien, Guille! Por poco la perdemos. Ves, he traído esta estupenda cuerda de cuero fuerte y resistente. Con este cierre ya no la perderá jamás.

Jamás. O sea, siempre colgada del niño del silencio. ¿Silencio?

Soy feliz de ser una caracola al cuello de un niño colgada.
Soy afortunada por compartir sus silencios y sus gritos internos.
Me siento orgullosa de compartir mi vida con una vida a la
que, en principio, le falta mucho, pero que al final lo tiene todo.

En fin, espero seguir muchos años junto a Yago, oliendo el fresco
olor de las flores que le trae Marta, riéndome con las aventuras
de Guille, soñando con los amores de Miriam,
creciendo con la fortaleza y el amor incondicional de papá,
y dejándome llevar por las melodías y el sinfín
de caricias de mamá.

Pero, sobre todo, escuchando esa orquesta
de latidos que salen de lo más profundo
de su corazón.

Cuento de Luz publica historias que dejan
entrar luz, para rescatar al niño interior,
el que todos llevamos dentro.
Historias para que se detenga el tiempo
y se viva el momento presente. Historias
para navegar con la imaginación y contribuir
a cuidar nuestro planeta, a respetar
las diferencias, eliminar fronteras y promover
la paz. Historias que no adormecen,
sino que despiertan...

Cuento de Luz es respetuoso con el medioambiente, incorporando
principios de sostenibilidad mediante la ecoedición, como forma
innovadora de gestionar sus publicaciones y de contribuir a la
protección y cuidado de la naturaleza